Jane Austen
Writing Book

Jane Austen
Writing Book

제인 오스틴 라이팅북

가장 현실적인 해피엔딩을 위한
100가지 문장 필사

제인 오스틴 ✽ 이재경 옮김

유산사

제인 오스틴 소설에 해피엔딩이란 없다.
단지 가치 있는 엔딩이 있을 뿐이다.

《가디언》

제인 오스틴을 읽는다는 것
제인 오스틴을 쓴다는 것

필사의 목적은 무엇일까. 한 글자씩 꾹꾹 눌러 따라 쓰면서 문장력과 어휘력, 집중력을 배양할 수 있다는 말은 많이 들어왔지만, 제대로 필사를 해본 적 없는 내게는 완전하게 이해할 수 없는 세계였다. 그래서 한번 따라 써보기로 했다. 제인 오스틴의 문장을 펼쳤다.

"허영과 오만이 동의어처럼 쓰일 때가 많지만 사실은 서로 달라. 허영이 없어도 오만할 수 있거든. 오만이 내가 나를 어떻게 보느냐의 문제라면, 허영은 남들이 나를 어떻게 보기를 원하느냐의 문제니까."

"하나부터 열까지 행복만을 약속하는 계획은 성공하지 못해. 사소하게 속상한 일이 있어야 전체적으로 실망할 일을 피할 수 있어."

"사실 당신은 저의 좋은 점을 하나도 알지 못해요. 하지만 사랑에 빠지면 누가 그런 것을 생각하겠어요."

"그녀는 자제심을 아주 간단히 정의했다. 애정이 열렬하면 자제심을 발휘하기 어려웠고, 애정이 잔잔하면 자제심이 쓸모없었다."

"그녀는 사람들의 요란한 걱정에 지쳐버린 나머지, 때로는 올바른 품성보다 올바른 예의가 더 위로를 준다는 생각이 들었다."

당장 형광펜을 꺼내 밑줄을 긋고 별표 다섯 개를 쳐야만 하는 문장들이 줄줄이 이어진다. 제인 오스틴을 통해 나는 필사의 진정한 목적을 바로 알게 되었다. 내 '삶'을 위해서다. 현실적인 통찰로 가득한 제인 오스틴의 문장들은, 너무도 확실하게, 사유의 실마리를 제공한다.

제인 오스틴의 소설이 오랜 시간의 겹을 통과하고 여러 세대를 거치는 동안 변함없이 뜨거운 사랑을 받아온 고전이라는 사실은 두말할 나위가 없다. 그리고 명실상부한 고전으로서의 지위 때문에 종종 간과되곤 하지만 그의 작품들은 놀라울 만큼 보편적이며 현대적인 텍스트이다. 21세기의 한국 독자들에게도 위화감이 느껴지지 않을 것이다. 사랑과 결혼, 자립과 돈이라니, 어떻게 그러지 않을 수 있겠는가. 제인 오스틴의 소설은 어쩌면 지금 이곳에서야말로 적극적으로 새롭게 읽힐 수 있는, 살아 숨 쉬는 메시지이다.

제인 오스틴의 문학적 관심은 항상 '당대 사회를 사는 여성'을 향했다. 작품 속 여성 인물들은 번번이 사랑과 결혼 앞에서 번민하고 갈등하는데 그것은 남성 중심적이던 당시의 시대적 맥락 및 사회적 계층 문제와 긴밀한 연관을 가진다. 삶에서 매우 중요한 선택지 앞에 마주 선 젊은 여성의 결정은 절대로 '개인적인' 것일 수만은 없다.

그 선택과 결정의 서사는 독자에게 즉물적 흥미를 주는 데에 그치지 않고 그것을 둘러싼 복잡한 사회적 조건을 조망하게끔 한다. 이 과정에서 여성 독자는 자신이 맞닥뜨린 현실의 상황—여전히 사랑과 결혼과 자립과 돈과 기타 등등!—이 비단 '나만의 것'이 아님을 깨닫는다. 스스로를 안정된 질서에 편

입시킬 것인가, 선택을 미룰 것인가, 아니면 다른 길을 찾을 것
인가 하는 고민 앞에 선 우리는 분명히 엘리자베스와 엠마의
후손이다.

그러니 지금 제인 오스틴의 문장들을 다시 읽고 힘주어 따
라 쓰는 일은 세계적인 고전과 내밀하게 마주하는 일인 동시
에, 내 삶이 어디로 가야 할지를 정면으로 응시하는 일이다.

정이현(소설가)

일러두기

1. 제인 오스틴의 대표작 『오만과 편견』, 『이성과 감성』, 『엠마』, 『설득』에서 가려 뽑은 문장들을 각 작품에 등장하는 순서대로 수록했습니다.

2. 번역 저본은 구텐베르크 프로젝트(gutenberg.org)를 통해 공개된 전자책을 사용했습니다.

3. 전체가 아닌 일부 인용인 점을 감안하여, 이해를 돕기 위해 필요한 경우 최대한 원문의 의미를 살려 의역했으며, 내용 전달에 부수적인 부분은 삭제하거나 '(…)'를 넣어 표시했습니다.

4. 고유명사의 한글 표기는 국립국어원 외래어표기법을 따르되, 일부 예외를 두었습니다.

5. 본문 그림은 초기 판본들에 수록된 휴 톰슨(Hugh Thomson)의 작품입니다.

차례

I

오만과 편견

Pride
and
Prejudice

"When the Party entered"

　재복을 갖춘 독신 남자에게 아내가 필요하다는 것은
세상 누구나 인정하는 진실이다.

　It is a truth universally acknowledged, that a single man in posses-
sion of a good fortune must be in want of a wife.

"소탈한 척하는 사람은 흔해. 어딜 가나 널렸어. 하지
만 아무 가식이나 사심 없이 솔직한 사람은 — 모두에게
서 좋은 점을 보고, 좋은 점은 더 좋게 말하고, 나쁜 점에
대해선 한마디도 하지 않는 사람은 — 언니밖에 없어."

"Affectation of candour is common enough; one meets with it ev-
erywhere. But to be candid without ostentation or design, — to take
the good of everybody's character and make it still better, and say
nothing of the bad, — belongs to you alone."

"그 사람이 내 자존심을 건드리지 않았다면 나도 그의 오만쯤은 쉽게 용서했을 거야."

"I could easily forgive his pride, if he had not mortified mine."

"내 생각에 오만은 아주 흔한 결점이야." 메리가 언제
나처럼 자신의 확고한 신념을 과시하듯 끼어들었다. "지
금까지 내가 읽은 바에 따르면, 사람은 누구나 오만해질
수 있어. 인간은 천성적으로 유독 오만에 빠지기 쉽고,
실제든 상상이든 자신의 이런저런 자질에 대해 자기도
취가 없는 사람은 찾아보기 힘들지. 허영과 오만이 동의
어처럼 쓰일 때가 많지만 사실은 서로 달라. 허영이 없
어도 오만할 수 있거든. 오만이 내가 나를 어떻게 보느
냐의 문제라면, 허영은 남들이 나를 어떻게 보기를 원하
느냐의 문제니까."

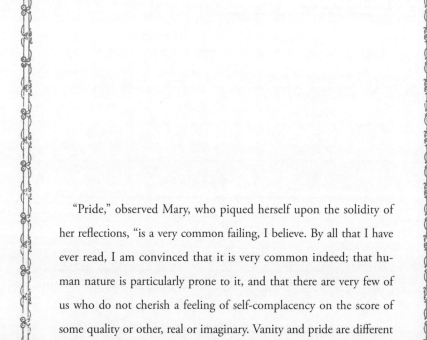

"Pride," observed Mary, who piqued herself upon the solidity of her reflections, "is a very common failing, I believe. By all that I have ever read, I am convinced that it is very common indeed; that human nature is particularly prone to it, and that there are very few of us who do not cherish a feeling of self-complacency on the score of some quality or other, real or imaginary. Vanity and pride are different things, though the words are often used synonymously. A person may be proud without being vain. Pride relates more to our opinion of ourselves; vanity to what we would have others think of us."

"애정에는 대개 고마운 마음이나 허영심이 많이 섞여 있어. 그렇기 때문에 그저 알아서 무르익도록 놔두는 게 능사는 아니야. 누구나 시작은 부담 없이 할 수 있어. 약간의 호감으로도 시작은 가능하지. 거기까진 자연스럽게 흘러가. 하지만 아무 호응이 없는 상대를 열렬히 사랑할 사람은 의외로 아주 드물어."

"There is so much of gratitude or vanity in almost every attachment, that it is not safe to leave any to itself. We can all begin freely — a slight preference is natural enough; but there are very few of us who have heart enough to be really in love without encouragement."

"행복한 결혼은 전적으로 운에 달렸어. 결혼 전부터 서로의 기질을 잘 알거나 서로 성향이 잘 맞는다 해서 더 행복하게 산다는 보장은 없어. 결혼하면 어차피 차이가 보이고 계속 어긋날 일이 생기기 때문에 불만 없는 부부는 없지. 그러니 이왕 평생을 함께하기로 했다면 상대의 결점은 가급적 모르는 게 좋지 않을까."

"Happiness in marriage is entirely a matter of chance. If the dispositions of the parties are ever so well known to each other, or ever so similar beforehand, it does not advance their felicity in the least. They always continue to grow sufficiently unlike afterwards to have their share of vexation; and it is better to know as little as possible of the defects of the person with whom you are to pass your life."

"어쨌든 그 신사가 그녀를 생각하며 시도 여러 편 썼죠. 참 아름다운 시였어요."

"그리고 그걸로 그 신사분의 연심도 끝났죠. 그런 식으로 끝나버린 사랑이 얼마나 많겠어요. 시에 사랑을 고갈시키는 효험이 있다는 것을 누가 처음 발견했을까요!"

"저는 시를 사랑의 양분으로 여겼습니다만."

"그거야 훌륭하고, 굳건하고, 건강한 사랑일 때 이야기죠. 이미 강한 것에는 뭐든 양분이 되니까요. 하지만 가볍고 얄팍한 끌림은 웬만한 소네트 한 수에도 말라 죽지요."

"However, he wrote some verses on her, and very pretty they were."

"And so ended his affection. There has been many a one, I fancy, overcome in the same way. I wonder who first discovered the efficacy of poetry in driving away love!"

"I have been used to consider poetry as the food of love."

"Of a fine, stout, healthy love it may. Everything nourishes what is strong already. But if it be only a slight, thin sort of inclination, I am convinced that one good sonnet will starve it entirely away."

"겸손한 척하는 것보다 더한 기만도 없어. 대개는 줏
대가 없을 뿐이고, 때로는 우회적인 자만이거든."

"Nothing is more deceitful than the appearance of humility. It is
often only carelessness of opinion, and sometimes an indirect boast."

"무슨 일이든 후딱 해치워버리는 능력을 자랑으로 여기는 사람은 자기가 일을 얼마나 대충하는지는 신경 쓰지 않기 마련이야."

"The power of doing anything with quickness is always much prized by the possessor, and often without any attention to the imperfection of the performance."

"가령 허영과 오만 같은."

"맞아요. 허영은 명백히 약점입니다. 하지만 오만은, 정말로 지적인 사람이라면 오만은 언제든 자제가 가능하지 않을까요."

"Such as vanity and pride."

"Yes, vanity is a weakness indeed. But pride — where there is a real superiority of mind — pride will be always under good regulation."

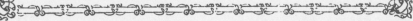

"제가 안타까워할 일은 아니지만, 누구에 대해서든 도에 넘치는 과대평가는 좋지 않습니다. 그런데 그 사람에 대해서는 과대평가가 많더군요. 세상이 그의 재산과 지위에 눈이 멀었는지, 아니면 그의 위풍당당한 태도에 주눅이 들었는지, 그가 보이고자 하는 대로만 보더라고요."

"I cannot pretend to be sorry that he or that any man should not be estimated beyond their deserts; but with him I believe it does not often happen. The world is blinded by his fortune and consequence, or frightened by his high and imposing manners, and sees him only as he chooses to be seen."

"자기 의견을 굽힐 줄 모르는 사람일수록 애초에 올바른 판단을 내릴 줄 알아야 해요."

"It is particularly incumbent on those who never change their opin-
ion, to be secure of judging properly at first."

"내가 정말로 사랑하는 사람은 아주 적고, 훌륭하다고 생각하는 사람은 더 적어. 세상을 알수록 세상이 못마땅해져. 사람의 품성은 원래 일관적이지 않고, 겉으로 드러난 장점과 교양은 하등 믿을 게 못 된다는 게 내 신념인데, 그 신념은 매일 공고해지고 있어."

"There are few people whom I really love, and still fewer of whom I think well. The more I see of the world the more am I dissatisfied with it; and every day confirms my belief of the inconsistency of all human characters, and of the little dependence that can be placed on the appearance of either merit or sense."

"누구 한 사람 편들자고 원칙과 진정성의 의미를 바꿀
수는 없어. 이기주의를 사리 분별로 포장하거나 위험에
무감각한 것을 행복을 위한 담보처럼 미화해서도 안 돼.
언니 자신이나 나를 그런 말로 설득하려 하지 마."

"You shall not, for the sake of one individual, change the meaning
of principle and integrity, nor endeavour to persuade yourself or me,
that selfishness is prudence, and insensibility of danger security for
happiness."

"딱히 나쁜 짓을 하거나 남을 해코지할 계획이 없어도 얼마든지 오해를 빚고 비극을 불러올 수 있어. 인정머리 없거나, 남의 감정에 무신경하거나, 우유부단한 사람들이 자주 그런 일을 만들지."

"Without scheming to do wrong, or to make others unhappy, there may be error and there may be misery. Thoughtlessness, want of attention to other people's feelings, and want of resolution, will do the business."

"여자애들이 결혼 다음으로 좋아하는 것이 어쩌다 한 번씩 실연당하는 거잖니. 생각할 거리도 생기고, 친구들이 특별 취급도 해주니까 말이야."

"Next to being married, a girl likes to be crossed in love a little now and then. It is something to think of, and gives her a sort of distinction among her companions."

"하지만 그 '열애'라는 표현은 너무 진부하고, 너무 의
뭉스럽고, 너무 막연해서 감이 잘 안 오는걸? 진실하고
단단한 애정뿐 아니라 만난 지 30분 만에 생긴 감정에도
자주 갖다 붙이는 말이잖니. 말해봐, 빙리 씨의 사랑이
얼마나 열렬했길래 그래?"

"But that expression of 'violently in love' is so hackneyed, so doubt-
ful, so indefinite, that it gives me very little idea. It is as often applied
to feelings which arise only from a half hour's acquaintance, as to a
real, strong attachment. Pray, how violent was Mr. Bingley's love?"

"무슨 증거가 더 필요하겠어요? 다른 이들에게 무심
해지는 것이야말로 사랑의 본질 아닐까요?"

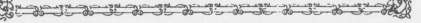

"Could there be finer symptoms? Is not general incivility the very
essence of love?"

"사랑은 아니었던 게 분명해요. 경계심이 발동한 게 다행이었죠. 제가 그와 정신없이 사랑에 빠졌다면 주위의 관심을 한 몸에 받았겠지만, 그런 주목을 받지 못하는 신세가 딱히 아쉽지는 않아요. 주인공 자리는 때로 너무 비싼 대가를 치러야 하니까요."

"There can be no love in all this. My watchfulness has been effectual; and though I should certainly be a more interesting object to all my acquaintance, were I distractedly in love with him, I cannot say that I regret my comparative insignificance. Importance may sometimes be purchased too dearly."

"그런데 결혼하는 데 있어서 돈을 따지는 것과 신중한 것의 차이가 뭘까요? 신중함이 끝나고 탐욕이 시작되는 지점은 어디일까요?"

"What is the difference in matrimonial affairs, between the mercenary and the prudent motive? Where does discretion end, and avarice begin?"

"낙담과 울분이여, 영원히 안녕. 바위와 산 앞에서 인간이란 얼마나 시시한가요? 아, 우리는 어떤 여정을 보낼까요! 우리, 여행에서 돌아왔을 때 무엇 하나 제대로 설명하지 못하는 그런 여행자들은 되지 말아요. 어디에 갔는지, 무엇을 보았는지 다 알고 다 기억하자고요. 호수와 산과 강 들이 우리 머릿속에서 뒤죽박죽되는 일은 없어야 해요. 어떤 장소를 묘사할 때 무엇이 이랬느니 저랬느니 옥신각신하는 일도 없어야 하고요."

"Adieu to disappointment and spleen. What are men to rocks and mountains? Oh, what hours of transport we shall spend! And when we do return, it shall not be like other travellers, without being able to give one accurate idea of anything. We will know where we have gone—we will recollect what we have seen. Lakes, mountains, and rivers, shall not be jumbled together in our imaginations; nor, when we attempt to describe any particular scene, will we begin quarrelling about its relative situation."

그녀는 부끄러워 얼굴을 들 수가 없었다. 다아시에 대해서나 위컴에 대해서나 그동안 맹목적이고 편파적이었으며, 터무니없는 편견에 사로잡혀 있었다는 것을 뼈저리게 느꼈다.

"나는 가증스럽기 짝이 없었어! 그런 주제에 사람 보는 안목이 있다고 자부했다니! 그런 주제에 똑똑한 척하고 다녔다니! 언니의 아량과 순박함을 흉보면서, 정작 나는 쓸데없고 애꿎은 의심으로 허영심을 채웠어. 다 알고 나니 너무 창피해! 하지만 창피한 게 당연해!"

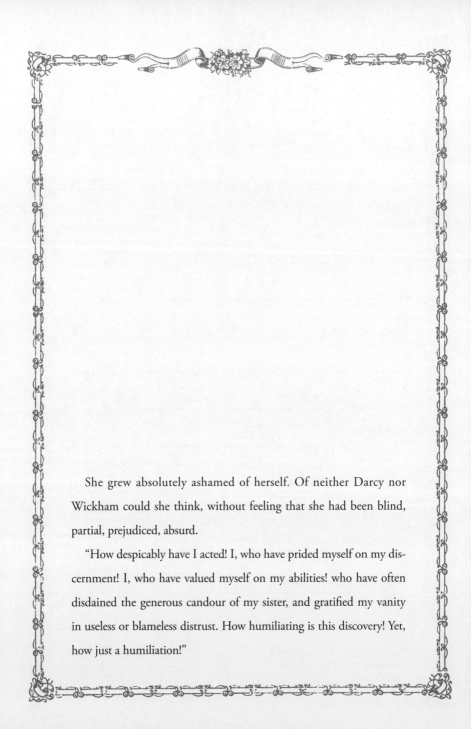

She grew absolutely ashamed of herself. Of neither Darcy nor Wickham could she think, without feeling that she had been blind, partial, prejudiced, absurd.

"How despicably have I acted! I, who have prided myself on my discernment! I, who have valued myself on my abilities! who have often disdained the generous candour of my sister, and gratified my vanity in useless or blameless distrust. How humiliating is this discovery! Yet, how just a humiliation!"

"사랑에 빠졌대도 이렇게 구차하게 눈이 멀 수는 없었을 거야. 심지어 내 눈을 가린 건 사랑도 아니었어, 허영심이었지. 처음 만났을 때 한 사람에게는 눈길을 받아서 우쭐하고 다른 사람에게는 무시를 당해서 발끈해서는, 그때부터 그 둘에 대해서라면 선입견과 무지를 내세우고 이성은 내쫓았던 거야. 지금 이 순간까지 나는 나 자신을 몰라도 너무 몰랐어."

"Had I been in love, I could not have been more wretchedly blind. But vanity, not love, has been my folly. Pleased with the preference of one, and offended by the neglect of the other, on the very beginning of our acquaintance, I have courted prepossession and ignorance, and driven reason away where either were concerned. Till this moment, I never knew myself."

"나는 그분을 이유 없이 덮어놓고 싫어하는 걸로 남들보다 똑똑한 척한 거야. 그런 종류의 혐오는 천재성을 자극하고 위트를 솟아나게 하거든. 그러다가 독설만 입에 배고 온당한 말은 한마디도 못하게 될 수도 있지만, 한 사람을 줄기차게 비웃다 보면 가끔씩 재치 있는 말이 얻어걸리기 마련이야."

"I meant to be uncommonly clever in taking so decided a dislike to him, without any reason. It is such a spur to one's genius, such an opening for wit, to have a dislike of that kind. One may be continually abusive without saying anything just; but one cannot be always laughing at a man without now and then stumbling on something witty."

전반적으로 보면, 전부터 가끔씩 느끼던 바지만, 애태우며 고대하던 일도 막상 일어나면 기대만큼 온전히 만족스럽지 않다는 것을 그녀는 새삼 깨달았다. 결국 실질적 행복의 시작 시점을 다시 기약할 필요가 있었다. 다른 시점을 정해서 거기에 다시 소망과 희망을 걸고, 다시 기대에 부풀고, 그것으로 당분간 자신을 위로하면서 다시 찾아올 실망에 대비할 수밖에 없었다.

Upon the whole, therefore, she found, what has been sometimes found before, that an event to which she had looked forward with impatient desire, did not, in taking place, bring all the satisfaction she had promised herself. It was consequently necessary to name some other period for the commencement of actual felicity; to have some other point on which her wishes and hopes might be fixed, and by again enjoying the pleasure of anticipation, console herself for the present, and prepare for another disappointment.

"하지만 뭐라도 아쉬운 점이 있어서 오히려 다행이야. 모든 계획이 완벽하면 실망도 확정적이니까 말이야. 언니가 함께 가지 않는 것이 못내 아쉬운 점일 테니, 나머지 즐거움은 모두 실현되리라 기대해도 괜찮을 거야. 하나부터 열까지 행복만을 약속하는 계획은 성공하지 못해. 사소하게 속상한 일이 있어야 전체적으로 실망할 일을 피할 수 있어."

"But it is fortunate that I have something to wish for. Were the whole arrangement complete, my disappointment would be certain. But here, by carrying with me one ceaseless source of regret in my sister's absence, I may reasonably hope to have all my expectations of pleasure realized. A scheme of which every part promises delight can never be successful; and general disappointment is only warded off by the defence of some little peculiar vexation."

　한 가지 즐거움은 이미 확실했으니, 잘 맞는 사람과 함께하는 여행이라는 점이었다. 잘 맞는다는 건 불편함을 이겨낼 건강과 기질, 매사 재미를 더해줄 명랑함, 타지에서 실망스러운 일이 생겼을 때 서로 의지가 될 애정과 지성인데, 그들은 이 조건을 두루 갖춘 동행이었다.

One enjoyment was certain — that of suitableness as companions; a suitableness which comprehended health and temper to bear inconveniences — cheerfulness to enhance every pleasure — and affection and intelligence, which might supply it among themselves if there were disappointments abroad.

그러나 무엇보다 그녀의 호감에는 존경과 경의를 넘어
서는, 결코 간과할 수 없는 동기가 있었다. 그것은 감사
였다. 한때 자신을 사랑해준 데 대한 고마움만은 아니었
다. 그의 청혼을 그토록 매몰차고 표독하게 거절한 것도
모자라 온갖 부당한 비난까지 퍼부었음에도, 그런 자신
을 용서하고 여전히 사랑해주는 데 대한 고마움이었다.

But above all, above respect and esteem, there was a motive within
her of good-will which could not be overlooked. It was gratitude;—
gratitude, not merely for having once loved her, but for loving her still
well enough to forgive all the petulance and acrimony of her manner
in rejecting him, and all the unjust accusations accompanying her re-
jection.

"자책도 악덕이니 네가 말리는 것이겠지. 하지만 자책에 빠지는 것은 인간의 본성이기도 하단다! 그러니 딸아, 이 아비의 잘못이 얼마나 큰지 내 평생 한 번이라도 느끼도록 내버려두렴. 죄책감에 짓눌리는 것 따위 두렵지 않아. 그래 봤자 금방 지나갈 테니까."

"You may well warn me against such an evil. Human nature is so prone to fall into it! No, Lizzy, let me once in my life feel how much I have been to blame. I am not afraid of being overpowered by the impression. It will pass away soon enough."

"왜들 그렇게 훈수 두길 좋아할까, 알아봤자 필요 없
는 것만 가르칠 수 있는 주제에."

"We all love to instruct, though we can teach only what is not
worth knowing."

"저는 다만 제 판단에 따라, 제 행복을 위해 행동하기로 마음먹었을 뿐입니다. 부인이든 누구든, 저와 아무 상관없는 사람의 참견은 듣지 않을 생각입니다. (…) 도리도, 명예도, 은혜도 지금 이 경우에는 제게 아무 구속력이 없습니다."

"I am only resolved to act in that manner, which will, in my own opinion, constitute my happiness, without reference to you, or to any person so wholly unconnected with me. (…) Neither duty, nor honour, nor gratitude has any possible claim on me, in the present instance."

"제 인생철학 하나 알려드릴까요. 기억하기 즐거운 과거만 생각하자는 거예요."

"그런 인생철학에는 동의하기 어렵겠는데요. 당신이야 아무리 과거를 돌아봐도 책망받을 일이 없을 테니까요. 그렇다면 회상의 즐거움은 철학이 아니라 무지에서 나오는 거죠. 무지가 철학보다 좋은 경우입니다."

"You must learn some of my philosophy. Think only of the past as its remembrance gives you pleasure."

"I cannot give you credit for any philosophy of the kind. Your retrospections must be so totally void of reproach, that the contentment arising from them is not of philosophy, but, what is much better, of ignorance."

"모든 게 당신 덕분입니다! 당신은 내게 가르침을 주었어요. 처음에는 실로 가혹했지만 더없이 유익한 가르침이 되었어요. 당신 덕분에 제대로 겸손을 배웠습니다. 저는 청혼하러 갔을 때 당신이 당연히 받아들일 것으로 생각했습니다. 저 정도면 좋아하는 여자의 마음을 얻는데 문제없다고 생각했던 허세였지요. 당신은 제가 얼마나 미숙했는지 보여주었어요."

"What do I not owe you! You taught me a lesson, hard indeed at first, but most advantageous. By you, I was properly humbled. I came to you without a doubt of my reception. You showed me how insufficient were all my pretensions to please a woman worthy of being pleased."

"솔직히 말해보세요. 저의 당돌함 때문에 저를 좋아했
나요?"

"당신의 지적 생기 때문이었다고 말씀드리죠."

"Now, be sincere; did you admire me for my impertinence?"

"For the liveliness of your mind I did."

"사실 당신은 저의 좋은 점을 하나도 알지 못해요. 하지만 사랑에 빠지면 누가 그런 것을 생각하겠어요."

"To be sure you know no actual good of me — but nobody thinks of that when they fall in love."

Cheerful prognostics

"Conjecturing as to the date"

2

이성과 감성

Sense
and
Sensibility

대시우드 가문은 오랫동안 서식스에 터 잡고 살아왔다. 가문의 영지는 드넓었고, 저택은 영지 한가운데 놀랜드 파크에 자리 잡고 있었다. 대대손손 체통을 지키며 살아온 덕에 지역 사람들에게 두루 평판이 좋았다.

The family of Dashwood had long been settled in Sussex. Their estate was large, and their residence was at Norland Park, in the centre of their property, where, for many generations, they had lived in so respectable a manner as to engage the general good opinion of their surrounding acquaintance.

이성과 감성
01

"세상을 알면 알수록 제가 정말로 사랑할 만한 남자를 영영 못 만날 것 같아요. 저는 바라는 게 너무나 많거든요! 제 남자는 에드워드의 미덕을 모두 지니고 있으면서, 외모와 매너가 온갖 매력으로 그 성품을 더 빛내야 해요."

"The more I know of the world, the more am I convinced that I shall never see a man whom I can really love. I require so much! He must have all Edward's virtues, and his person and manners must ornament his goodness with every possible charm."

그녀도 둘의 호감이 상호적인 것은 인정했다. 하지만 동생이 확신하는 애정에 동의하려면 훨씬 더 분명한 증거가 필요했다. 동생과 어머니는 한순간 추측한 것을 다음 순간 믿어버리는 사람들이었다. 그들에게 꿈은 곧 희망이었고, 희망은 곧 기대였다는 것을 그녀는 잘 알고 있었다.

She believed the regard to be mutual; but she required greater certainty of it to make Marianne's conviction of their attachment agreeable to her. She knew that what Marianne and her mother conjectured one moment, they believed the next — that with them, to wish was to hope, and to hope was to expect.

"그리고 너희, 정든 나무들아! 너희는 언제나 그대로 겠지. 우리가 가버린다고 잎이 시들 리도 없고, 우리가 더는 바라보지 못한다고 가지가 산들대는 것을 멈추지도 않겠지! 그래, 너희는 언제까지나 그대로일 거야. 너희가 우리에게 어떤 기쁨, 어떤 회한을 주는지 무심한 채로, 너희의 그늘 아래를 걷는 이들에게 어떤 변화가 일어나는지 무감각한 채로 말이야! 하지만 이제는 누가 남아서 너희를 즐기게 될까?"

"And you, ye well-known trees! — but you will continue the same. No leaf will decay because we are removed, nor any branch become motionless although we can observe you no longer! No; you will continue the same; unconscious of the pleasure or the regret you occasion, and insensible of any change in those who walk under your shade! But who will remain to enjoy you?"

진정으로 수치스러운 상황도 아닌데 감정을 숨기는 것을 메리앤은 극도로 싫어했다. 또한 그녀에겐 그 자체로 비난받을 만하지 않은 감정을 억누르는 것은 불필요한 노력일 뿐 아니라 그릇된 통념 앞에 이성을 무릎 꿇리는 수치스러운 일로 보였다.

Marianne abhorred all concealment where no real disgrace could attend unreserve; and to aim at the restraint of sentiments which were not in themselves illaudable, appeared to her not merely an unnecessary effort, but a disgraceful subjection of reason to common-place and mistaken notions.

"그렇지만 젊은이의 편견에는 어딘지 사랑스러운 데가 있어서, 그게 보다 일반적인 견해로 바뀌는 것을 볼 때면 씁쓸한 기분이 든단 말이죠."

"And yet there is something so amiable in the prejudices of a young mind, that one is sorry to see them give way to the reception of more general opinions."

"친밀감을 결정하는 것은 시간이나 기회가 아니야. 그
건 오로지 성향에 달려 있어. 어떤 이들은 7년이 지나도
서먹하고, 어떤 이들은 7일 만에 막역해지거든."

"It is not time or opportunity that is to determine intimacy; it is
disposition alone. Seven years would be insufficient to make some peo-
ple acquainted with each other, and seven days are more than enough
for others."

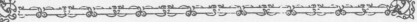

"제 소망도 세상 모든 이들처럼 소박합니다. 저 역시
다른 사람들과 마찬가지로 완벽하게 행복해지고 싶습
니다. 하지만 역시 다른 사람들처럼 제 나름의 방식으로
행복해지고 싶어요. 출세가 저를 행복하게 해줄 것 같지
는 않습니다."

"As moderate as those of the rest of the world, I believe. I wish as
well as every body else to be perfectly happy; but, like every body else
it must be in my own way. Greatness will not make me so."

"말도 안 돼! 부나 지위가 행복과 무슨 상관이야?"

"지위는 크게 상관없지만, 부와는 관련이 많지."

"Strange that it would! What have wealth or grandeur to do with happiness?"

"Grandeur has but little, but wealth has much to do with it."

"아무 곳에서도 행복을 찾지 못할 때나 돈에서 행복을 얻는 거야. 일개 개인의 경우, 적정한 생활수준만 해결되면 돈이란 그 이상 진정한 만족을 주지는 못해."

"Money can only give happiness where there is nothing else to give it. Beyond a competence, it can afford no real satisfaction, as far as mere self is concerned."

"저도 그런 실수를 자주 저질렀어요. 남의 성격을 이 런저런 방향으로 완전히 오해하는 실수요. 누군가를 실 제보다 훨씬 명랑하거나 진지하다고, 또는 똑똑하거나 멍청하다고 멋대로 상상하는 거죠. 그런 착각이 왜 생기 는지, 어디서 비롯되는지 모르겠어요. 때로는 그 사람이 본인에 대해 하는 말을 곧이곧대로 믿기 때문에, 더 흔 하게는 남들이 그 사람에 대해 하는 말을 곧이곧대로 믿 기 때문에 생기는 일이겠죠. 스스로 차분히 숙고하고 판 단할 시간을 갖지 않고 말이에요."

"I have frequently detected myself in such kind of mistakes in a total misapprehension of character in some point or other: fancying people so much more gay or grave, or ingenious or stupid than they really are, and I can hardly tell why or in what the deception originat-ed. Sometimes one is guided by what they say of themselves, and very frequently by what other people say of them, without giving oneself time to deliberate and judge."

"메리앤은 무관심을 수줍음으로 변명하지 않아요."

"그녀는 가짜로 수줍어하기에는 자신의 가치를 너무 잘 아니까요. 어떤 식이든 수줍음은 자격지심의 소산일 뿐이거든요. 제 처신이 전적으로 자연스럽고 품위 있다는 확신만 있다면 저도 수줍음을 타지 않을 겁니다."

"그래도 여전히 속마음은 숨길 거잖아요. 그게 더 나빠요."

"Marianne has not shyness to excuse any inattention of hers."

"She knows her own worth too well for false shame. Shyness is only the effect of a sense of inferiority in some way or other. If I could persuade myself that my manners were perfectly easy and graceful, I should not be shy."

"But you would still be reserved and that is worse."

"경치에 대한 감상평은 상투어 일색이야. '그림 같은 아름다움'을 최초로 정의한 사람의 취향과 안목을 모두가 따라 할 뿐이라고. 그 사람과 똑같이 느끼는 척 똑같이 묘사하는 거지. 나는 상투어라면 종류를 불문하고 싫어해. 그래서 때로는 속으로만 감상하지. 일리도 의미도 없는 낡고 진부한 표현밖에 생각이 나지 않을 때는 차라리 그게 나아."

"Admiration of landscape scenery is become a mere jargon. Every body pretends to feel and tries to describe with the taste and elegance of him who first defined what picturesque beauty was. I detest jargon of every kind, and sometimes I have kept my feelings to myself, because I could find no language to describe them in but what was worn and hackneyed out of all sense and meaning."

그녀는 자제심을 아주 간단히 정의했다. 애정이 열렬하면 자제심을 발휘하기 어려웠고, 애정이 잔잔하면 자제심이 쓸모없었다.

The business of self-command she settled very easily; — with strong affections it was impossible, with calm ones it could have no merit.

그가 모두에게 안하무인으로 굴고, 눈앞의 모든 것을 싸잡아 욕하는 것은 튀고 싶어 하는 마음 때문이라고 그녀는 여겼다. 즉 남들보다 잘나 보이려는 욕구 때문인 것이다. 사실 너무 흔해서 놀랍지도 않은 동기였다. 하지만 그런 태도를 고수하면 무례함이라는 분야에서는 우월성을 입증하는 데 성공할지 몰라도, 아내 말고는 누구도 그의 옆에 붙어 있지 않을 것 같았다.

It was rather a wish of distinction, she believed, which produced his contemptuous treatment of every body, and his general abuse of every thing before him. It was the desire of appearing superior to other people. The motive was too common to be wondered at; but the means, however they might succeed by establishing his superiority in ill-breeding, were not likely to attach any one to him except his wife.

그들의 조언이나 대화가 아무 도움이 되지 않으리란 것을 그녀도 잘 알았다. 그들의 애정과 슬픔은 오히려 그녀의 고통을 가중시킬 뿐이었고, 어떤 행동이나 칭찬으로 그녀의 자제력을 북돋워줄 리도 없기 때문이었다. 그녀는 혼자일 때 더 강했고, 자신을 지탱하기에 충분한 분별력을 이미 지니고 있었다. 그랬기에 그녀는 더할 수 없이 사무치고 생생한 회한 속에서도 흔들림 없이 굳건한 태도와 변함없이 명랑한 얼굴을 유지할 수 있었다.

From their counsel, or their conversation, she knew she could receive no assistance, their tenderness and sorrow must add to her distress, while her self-command would neither receive encouragement from their example nor from their praise. She was stronger alone, and her own good sense so well supported her, that her firmness was as unshaken, her appearance of cheerfulness as invariable, as with regrets so poignant and so fresh, it was possible for them to be.

"그래도 저는 믿지 않았을 겁니다. 믿을 의지가 없는
마음은 어떻게든 의심할 명분을 찾아내는 법이니까요."

"But still I might not have believed it, for where the mind is perhaps rather unwilling to be convinced, it will always find something to support its doubts."

"누가 널 얼마나 가증스럽게 적대하든, 절대 꺾여선 안 돼. 내 귀한 동생아, 네 결백과 선의가 너를 얼마나 고상하게 지탱하고 있는지 보여줘. 그래서 저들의 사악한 승리감을 보기 좋게 꺾어주자. 그런 악의에 맞서는 건 이성적이고 자랑스러운 자존감이야."

"Whoever may have been so detestably your enemy, let them be cheated of their malignant triumph, my dear sister, by seeing how nobly the consciousness of your own innocence and good intentions supports your spirits. It is a reasonable and laudable pride which resists such malevolence."

"나처럼 불행한 사람에게 자존심이란 없어. 내 가련한 처지를 누가 알든 무슨 상관이야. 온 세상이 내 처지를 보며 맘껏 우쭐해하라고 해. 언니, 언니, 고통 없는 사람들이야 얼마든지 자존심이든 독립심이든 세울 수 있겠지. 모욕에 맞서고 치욕을 갚아줄 수도 있겠지. 하지만 난 그러지 못해. 난 느껴야 돼…… 난 비참해야 돼…… 그러니 그럴 정신이 있는 사람들이나 실컷 그러라고 해."

"Misery such as mine has no pride. I care not who knows that I am wretched. The triumph of seeing me so may be open to all the world. Elinor, Elinor, they who suffer little may be proud and independent as they like—may resist insult, or return mortification—but I cannot. I must feel—I must be wretched—and they are welcome to enjoy the consciousness of it that can."

"아니, 아니, 아니, 그럴 리 없어. 부인에게는 진심이 없어. 그녀의 친절은 공감이 아니고, 그녀의 살가움은 다정함이 아니야. 부인이 원하는 건 가십거리뿐이야. 지금 나한테 잘해주는 것도 내가 그걸 제공해주기 때문이고."

"No, no, no, it cannot be, she cannot feel. Her kindness is not sympathy; her good-nature is not tenderness. All that she wants is gossip, and she only likes me now because I supply it."

　어떤 성격이든 상황에 따라 실제보다 더 높이 평가될 때가 있다. 그녀는 사람들의 요란한 걱정에 지쳐버린 나머지, 때로는 올바른 품성보다 올바른 예의가 더 위로를 준다는 생각이 들었다.

Every qualification is raised at times, by the circumstances of the moment, to more than its real value; and she was sometimes worried down by officious condolence to rate good-breeding as more indispensable to comfort than good-nature.

함부로 상상해서 다른 사람들의 행동을 판단하고, 사소한 겉모습으로 그것을 확정 지어버리는 것은, 언제나 자신의 행복을 운에 맡겨버리는 일밖에 되지 않는다.

While the imaginations of other people will carry them away to form wrong judgments of our conduct, and to decide on it by slight appearances, one's happiness must in some measure be always at the mercy of chance.

잘못인 것을 알면서도 잘못된 행동 방식을 고집하는 사람들이 있는데, 그런 사람들은 더 나은 행동을 기대받는 것 자체로 자존심 상해한다.

For when people are determined on a mode of conduct which they know to be wrong, they feel injured by the expectation of any thing better from them.

"하지만 말이야, 오직 한 사람을 향한 일편단심이 아무리 매혹적으로 보여도, 행복이란 결국 오직 한 사람에게 달려 있다는 말이 아무리 그럴듯하게 들려도, 꼭 그래야만 한다는 생각은 맞지도, 적절하지도, 가능하지도 않아."

"And after all, after all that is bewitching in the idea of a single and constant attachment, and all that can be said of one's happiness depending entirely on any particular person, it is not meant—it is not fit—it is not possible that it should be so."

"그때는 사랑이 뭔지 몰랐으니까요. 하긴 제가 사랑을
안 적이 있기나 할까요? 저는 의심받아 마땅합니다. 제
가 정말 사랑을 했다면 허영심을 위해, 탐욕을 위해 제
감정을 희생했을까요? 더 나아가 그녀의 감정까지 희생
했겠습니까?"

"Because I did not then know what it was to love. But have I ever
known it? Well may it be doubted; for, had I really loved, could I have
sacrificed my feelings to vanity, to avarice? or, what is more, could I
have sacrificed hers?"

“당신이 선택한 일이잖아요. 누구도 당신에게 강요하지 않았어요. 당신의 아내는 적어도 당신에게 예의와 존중을 요구할 권리가 있어요. 그분은 당신을 사랑하는 것이 분명해요. 그렇지 않다면 당신과 결혼하지 않았을 테니까요. 그분을 박정하게 대하고, 그분을 얕잡아 말하는 것이 메리앤에 대한 속죄가 되지는 않아요. 그리고 그것이 당신의 양심을 달래줄 것으로도 생각하지 않고요.”

“You had made your own choice. It was not forced on you. Your wife has a claim to your politeness, to your respect, at least. She must be attached to you, or she would not have married you. To treat her with unkindness, to speak of her slightly is no atonement to Marianne — nor can I suppose it a relief to your own conscience.”

3

엠마

Emma

Emma hung about him affectionately.

엠마 우드하우스는 아름답고 총명하고 부유했다. 안 락한 집안에 낙천적인 성격까지 타고난 그녀는 인생의 만복을 한 몸에 받은 존재 같았다. 실제로, 세상에 난 지 스물한 해가 다 되도록 괴롭거나 짜증 날 일이 거의 없 었다.

Emma Woodhouse, handsome, clever, and rich, with a comfortable home and happy disposition, seemed to unite some of the best bless- ings of existence; and had lived nearly twenty-one years in the world with very little to distress or vex her.

엠마
01

    그는 사실상 꽤 호감 가는 청년이었다. 그리 까다롭지 않은 여자라면 누구나 좋아할 만한 남자였다. 미남으로 정평이 나서, 인물로는 사람들 사이에 칭찬 일색이었다. 하지만 엠마는 생각이 좀 달랐다. 그의 외모에는 그녀가 꼭 필요하다고 생각하는 어떤 기품이 결여되어 있었기 때문이다.

    He was really a very pleasing young man, a young man whom any woman not fastidious might like. He was reckoned very handsome; his person much admired in general, though not by her, there being a want of elegance of feature which she could not dispense with.

엠마
02

"엠마의 외모는 흠잡을 데 없지요. 부인께서 묘사하신 대로라고 저도 생각합니다. 그녀는 바라보기만 해도 행복한 사람입니다. 저는 거기에 이런 찬사를 덧붙이고 싶습니다. 그녀에겐 외모에 대한 허영심이 없어요. 그렇게 빼어나게 아름다운데도 자기 외모에 별로 신경 쓰는 것 같지 않아요. 그녀의 허영심은 다른 곳에 있죠."

"I have not a fault to find with her person. I think her all you describe. I love to look at her; and I will add this praise, that I do not think her personally vain. Considering how very handsome she is, she appears to be little occupied with it; her vanity lies another way."

엠마
03

　　"허영심이 아둔한 머리와 만나면 온갖 해악들을 만들 어내죠."

"Vanity working on a weak head, produces every sort of mischief."

엠마
04

"사람들은 원래 다 그래요, 아빠. 세상 사람 절반은 다른 절반의 기쁨을 이해하지 못해요."

"That is the case with us all, papa. One half of the world cannot understand the pleasures of the other."

"여자들이 결혼하는 일반적인 이유들이 내게는 전혀
해당되지 않아. 만약 내가 사랑에 빠진다면 얘기가 달라
지겠지만 말이야! 하지만 나는 사랑에 빠져본 적이 없어.
사랑은 내 삶의 방식에도, 내 성향에도 맞지 않아. 앞으
로도 내가 사랑에 빠질 일은 절대 없을 거야. 사랑하지
도 않는데 이런 상황을 바꾸는 건 바보짓이 아닐까. 난
재산이든 일이든 영향력이든 부족하지 않으니까."

"I have none of the usual inducements of women to marry. Were I
to fall in love, indeed, it would be a different thing! but I never have
been in love; it is not my way, or my nature; and I do not think I ever
shall. And, without love, I am sure I should be a fool to change such a
situation as mine. Fortune I do not want; employment I do not want;
consequence I do not want."

엠마
06

    자신도 그의 감정을 그렇게 착각한 마당에, 그가 자기 편한 대로 그녀의 감정을 오해했다 해서 그렇게 놀랄 자격이 그녀에게 있겠는가.

If she had so misinterpreted his feelings, she had little right to wonder that he, with self-interest to blind him, should have mistaken hers.

　최초이자 최악의 실수는 그녀가 자초한 것이었다. 남녀를 엮는 일에 그렇게 발 벗고 나선 것부터가 어리석고 잘못된 일이었다. 지나친 모험이고 주제넘은 오지랖이었다. 신중할 문제를 가벼이 여기는 처사였고 순박할 일에 잔꾀를 쓰는 경거망동이었다. 그녀는 무척 걱정스럽고 부끄러웠다. 그리고 두 번 다시 그런 일에 나서지 않겠다고 결심했다.

　The first error and the worst lay at her door. It was foolish, it was wrong, to take so active a part in bringing any two people together. It was adventuring too far, assuming too much, making light of what ought to be serious, a trick of what ought to be simple. She was quite concerned and ashamed, and resolved to do such things no more.

"그게 바람직한 일인지는 모르겠지만, 바보짓도 양식 있는 사람이 태연하게 하면 더는 바보짓처럼 보이지 않거든. 사악한 행동은 언제나 사악하지만, 어리석은 행동은 항상 어리석지 않아. 어떤 성품의 사람이 그런 행동을 하느냐에 따라 달라지지."

"I do not know whether it ought to be so, but certainly silly things do cease to be silly if they are done by sensible people in an impudent way. Wickedness is always wickedness, but folly is not always folly. — It depends upon the character of those who handle it."

엠마
09

"깜짝 이벤트는 어리석은 일이에요. 기쁨을 키우기는 커녕 거북해지기만 할 때가 많으니까요."

"Surprizes are foolish things. The pleasure is not enhanced, and the inconvenience is often considerable."

　엠마는 자신이 사랑에 빠졌다는 점은 의심하지 않았다. 다만 사랑의 강도에 대해서는 생각이 변했다. 처음에는 아주 많이 사랑한다고 느꼈지만, 나중에는 그저 조금 좋아하는 정도라고 생각하게 되었다.

　Emma continued to entertain no doubt of her being in love. Her ideas only varied as to the how much. At first, she thought it was a good deal; and afterwards, but little.

하지만 모든 상상의 결말은 그가 고백하고 그녀가 거
절하는 것이었다. 둘의 애정은 언제나 잔잔한 우정으로
잦아들었다. 모든 면에서 다정하고도 아름답겠지만, 그
들의 이별은 기정사실이었다. 이런 인식이 들면서 그녀
는 자신의 사랑이 그리 깊지 않다는 것을 깨달았다.

The conclusion of every imaginary declaration on his side was that
she refused him. Their affection was always to subside into friendship.
Every thing tender and charming was to mark their parting; but still
they were to part. When she became sensible of this, it struck her that
she could not be very much in love.

"이번에는 완벽하게 즐기려고요. 그리고 어쩌면요, 엘턴 부인, 언제 만날지 불확실한 것이, 그 애가 오늘이나 내일 언제 올지 몰라 당장이라도 올 것처럼 기다리는 마음이 그 애를 실제로 집에 맞아들이는 반가움보다 더한 행복이 아닐까 싶어요. 저는 그런 것 같아요. 가장 큰 신명과 기쁨을 주는 것은 바로 그런 심정인 것 같아요."

"This will be complete enjoyment; and I do not know, Mrs. Elton, whether the uncertainty of our meetings, the sort of constant expectation there will be of his coming in to-day or to-morrow, and at any hour, may not be more friendly to happiness than having him actually in the house. I think it is so. I think it is the state of mind which gives most spirit and delight."

"그대를 나무라지 않을 겁니다. 그대의 자성에 맡기겠
습니다."

"그런 아첨꾼들에게 저를 맡기겠다고요? 제 자만심이
언제 한 번이라도 자기 잘못을 안 적이 있던가요?"

"그대의 자만심이 아니라 그대의 진중함을 믿는다는
겁니다. 하나가 그대를 과오에 빠지게 해도 다른 하나가
그 함정을 알려줄 게 분명하니까요."

"I shall not scold you. I leave you to your own reflections."

"Can you trust me with such flatterers? — Does my vain spirit ever
tell me I am wrong?"

"Not your vain spirit, but your serious spirit. — If one leads you
wrong, I am sure the other tells you of it."

그는 잠시 망설였다. 갖가지 불길한 생각이 머리를 스쳤다. 간섭―무익한 간섭. 엠마의 당황한 모습과 친한 사이임을 인정하는 그 태도는 그녀가 이미 마음을 빼앗겼음을 선언하는 듯했다. 그럼에도 그는 말하기로 했다. 그것이 그녀에 대한 도리였다. 그녀의 안녕이 위험에 처하게 두느니 반갑지 않은 간섭을 감행하는 것이, 그런 문제에서 방관자로 기억되느니 당장의 원망을 감내하는 것이 그가 할 도리였다.

He sat a little while in doubt. A variety of evils crossed his mind. Interference—fruitless interference. Emma's confusion, and the acknowledged intimacy, seemed to declare her affection engaged. Yet he would speak. He owed it to her, to risk any thing that might be involved in an unwelcome interference, rather than her welfare; to encounter any thing, rather than the remembrance of neglect in such a cause.

그녀는 깨달았다. 자기기만, 미혹, 고집불통, 이런 것들로 인해 그동안 완전히 착각에 빠져, 이제껏 자신의 마음을 조금도 알지 못했음을.

She saw, that in persuading herself, in fancying, in acting to the contrary, she had been entirely under a delusion, totally ignorant of her own heart.

그녀는 자신이 다른 사람들의 감정을 꿰뚫어 본다고 믿었다. 도를 넘는 허영심이었다. 그녀는 모두의 운명을 찾아주겠노라 나섰다. 용서받지 못할 교만이었다. 이제 그녀가 모든 점에서 틀렸음이 드러났다. 아무것도 하지 않은 것만 못했다. 그녀는 해악을 끼쳤다.

With insufferable vanity had she believed herself in the secret of every body's feelings; with unpardonable arrogance proposed to arrange every body's destiny. She was proved to have been universally mistaken; and she had not quite done nothing—for she had done mischief.

슬프게도 이 또한 그녀가 자초한 일 아니었던가? 해리
엇에게 자만심을 불어넣으려 애쓴 사람이 누구였던가?
해리엇에게 가능하면 자신의 격을 높여야 한다고, 세속
적 고위층에 들어갈 자격이 넘친다고 가르친 사람이 그
녀 말고 또 누가 있었나? 만약 겸손했던 해리엇이 허영
심 강한 여자가 되었다면, 그 또한 그녀의 책임이었다.

Alas! was not that her own doing too? Who had been at pains to
give Harriet notions of self-consequence but herself? — Who but her-
self had taught her, that she was to elevate herself if possible, and that
her claims were great to a high worldly establishment? — If Harriet,
from being humble, were grown vain, it was her doing too.

　"제가 그대를 덜 사랑한다면, 그 사랑을 더 많이 표현할 수 있을 텐데요."

"If I loved you less, I might be able to talk about it more."

인간의 고백이 완전한 진실을 담는 일은 정말로, 정말로 드물다. 조금이라도 은폐나 오해가 없는 경우는 거의 없다. 하지만 이번처럼 행동은 잘못됐어도 마음은 진실한 경우라면 그 불일치가 대세에 큰 영향을 주지 않을수도 있다.

Seldom, very seldom, does complete truth belong to any human disclosure; seldom can it happen that something is not a little disguised, or a little mistaken; but where, as in this case, though the conduct is mistaken, the feelings are not, it may not be very material.

엠마
20

"승승장구하는 사람이 겸손하기란 정말로 어려운 법입니다."

"It is very difficult for the prosperous to be humble."

Is this fair,' Mrs. Weston?

He stopped to look the question.

4

설득

Persuasion

Placed it before Anne.

설득
00

　서머싯셔 켈린치홀에 사는 월터 엘리엇 경은 재미 삼아 보는 책이라곤 준남작 명부밖에 없는 사람이었다. 그는 명부를 들여다보며 한가한 날 무료함도 달래고 속상한 날 위안도 얻었다.

Sir Walter Elliot, of Kellynch Hall, in Somersetshire, was a man who, for his own amusement, never took up any book but the Baronetage; there he found occupation for an idle hour, and consolation in a distressed one.

설득
01

    인간이란 내심 바라던 바에 대해서는 찬성할 이유를 어쩜 그리 빨리 찾아내는지!

How quick come the reasons for approving what we like!

설득
02

당시 그는 눈에 띄게 준수한 청년이었다. 아주 명석했고, 기백과 재기가 넘쳤다. 앤 역시 빼어난 미모에 온화하고 겸손한 성품을 겸비한, 교양과 감성이 넘치는 아가씨였다. 사실 어느 쪽이든 가진 매력의 반만 있었어도 충분했을 것이다. 그에게는 달리 할 일이 없었고, 그녀에게는 딱히 사랑할 사람이 없었으니까. 그런데 둘 모두에게 그렇게 장점이 넘쳐났으니, 둘의 만남이 실패했다면 그게 더 이상했을 일이다.

He was, at that time, a remarkably fine young man, with a great deal of intelligence, spirit, and brilliancy; and Anne an extremely pretty girl, with gentleness, modesty, taste, and feeling. Half the sum of attraction, on either side, might have been enough, for he had nothing to do, and she had hardly anybody to love; but the encounter of such lavish recommendations could not fail.

설득
03

거의 8년이 흘렀다. (⋯) 8년이란 세월이 할 수 없는 일이 뭐란 말인가? 온갖 사건, 변화, 소원함, 소멸이 일어날 수 있는 시간이었다. 그리고 과거는 잊으라고 있는 것이다. 이 얼마나 자연스럽고, 얼마나 당연한가! 그녀가 살아온 삶에서 3분의 1에 해당하는 시간이었다.

하지만 아아! 그녀는 깨달았다. 아무리 생각해봐도, 미련이 남은 마음 앞에서는 8년이란 세월도 아무 의미가 없었다.

Eight years, almost eight years had passed. (⋯) What might not eight years do? Events of every description, changes, alienations, removals—all, all must be comprised in it, and oblivion of the past—how natural, how certain too! It included nearly a third part of her own life.

Alas! with all her reasoning, she found, that to retentive feelings eight years may be little more than nothing.

설득
04

그녀는 남들의 뜻에 따라 그를 포기했다. 과한 설득이
낳은 결과였다. 나약함과 소심함의 발로였다.

She had given him up to oblige others. It had been the effect of
over-persuasion. It had been weakness and timidity.

설득
05

　그는 그녀를 더없이 뜨겁게 사랑했고, 이후로도 그녀에 비견할 만한 여자를 만나지 못했다. 하지만 자연스러운 호기심 말고는 그녀를 다시 만나고 싶은 마음이 전혀 없었다. 그를 사로잡았던 그녀의 영향력은 영영 사라져버렸다.

　He had been most warmly attached to her, and had never seen a woman since whom he thought her equal; but, except from some natural sensation of curiosity, he had no desire of meeting her again. Her power with him was gone for ever.

설득
06

그토록 마음이 잘 통하고, 그토록 취향이 비슷하고, 그 토록 한결같은 감정과 애틋한 표정으로 서로를 보는 사 이는 다시 있기 어려웠다. 이제는 서로에게 남남일 뿐이 었다. 아니, 다시는 가까워질 수도 없으니 남보다도 못했 다. 그들은 영원히 소원할 수밖에 없는 관계였다.

There could have been no two hearts so open, no tastes so similar, no feelings so in unison, no countenances so beloved. Now they were as strangers; nay, worse than strangers, for they could never become acquainted. It was a perpetual estrangement.

"네가 대단한 신사랍시고, 여자들은 어디서나 이성적 존재가 아니라 고상한 귀부인처럼 굴 듯 말하는 것은 듣기 거북하구나. 우리 중에 항해 내내 바다가 잔잔할 것으로 기대하는 사람은 아무도 없단다."

"I hate to hear you talking so like a fine gentleman, and as if women were all fine ladies, instead of rational creatures. We none of us expect to be in smooth water all our days."

설득
08

앤은 그런 표정과 말투를 더는 보고 싶지 않았다. 그의 차가운 정중함, 지나치게 격식을 차린 예의가 다른 무엇보다 견디기 어려웠다.

Anne did not wish for more of such looks and speeches. His cold politeness, his ceremonious grace, were worse than anything.

설득
09

"심히 순종적이고 우유부단한 성격의 최대 단점은 좋은 영향과 나쁜 영향을 가리지 못한다는 겁니다. 좋은 인상도 언제까지 갈지 알 수 없고요. 줏대 없는 성격은 온갖 사람에게 휘둘려요. 행복해지려면 단호해야만 합니다."

"It is the worst evil of too yielding and indecisive a character, that no influence over it can be depended on. You are never sure of a good impression being durable; everybody may sway it. Let those who would be happy be firm."

그는 과거의 일로 그녀를 원망했고, 당시를 생각할 때마다 울화를 삭이지 못했다. 게다가 그녀는 안중에 없다는 듯 다른 여성과 가까워지는 중이었다. 그런데도 그녀가 힘들어하는 모습을 보자 구해주고픈 마음을 어쩌지 못했다. 옛 감정의 잔재였다. 본인은 인정하지 않지만, 순수한 우정에서 나온 충동적인 감정이었다. 사실은 그가 따뜻하고 다정한 사람이라는 증거였다. 생각이 이에 이르자 그녀는 기쁨과 고통이 뒤섞여 어느 쪽이 우세한지 알 수 없는 복잡한 감정에 휩싸였다.

Though condemning her for the past, and considering it with high and unjust resentment, though perfectly careless of her, and though becoming attached to another, still he could not see her suffer, without the desire of giving her relief. It was a remainder of former sentiment; it was an impulse of pure, though unacknowledged friendship; it was a proof of his own warm and amiable heart, which she could not contemplate without emotions so compounded of pleasure and pain, that she knew not which prevailed.

그녀는 그에게 시만 읽지 말고 다른 것도 읽을 것을 소신껏 권했다. 시에 취하는 것은 좋지만 안전하게 취하기란 쉽지 않기 때문이었다. 이것이 시를 탐독하는 사람들의 불행이었다. 시에 진정으로 공감하게 해주는 것이 격정이지만, 시를 음미하되 격정은 적당히 아낄 필요가 있었다.

She ventured to hope he did not always read only poetry, and to say, that she thought it was the misfortune of poetry to be seldom safely enjoyed by those who enjoyed it completely; and that the strong feelings which alone could estimate it truly were the very feelings which ought to taste it but sparingly.

앤은 궁금했다. 전에 그는 단호한 성격이 언제나 축복이자 이로운 것이라고 말했다. 하지만 이제는 그 생각이 과연 옳았는지 돌아보지 않을까? 다른 모든 품성처럼 단호함에도 정도와 한계가 필요하다는 것을 지금쯤은 깨닫지 않았을까? 때로는 설득을 받아들이는 성격이 확고부동한 성격만큼이나 행복에 도움이 된다는 것을 그도 분명히 느꼈으리라고 그녀는 생각했다.

Anne wondered whether it ever occurred to him now, to question the justness of his own previous opinion as to the universal felicity and advantage of firmness of character; and whether it might not strike him that, like all other qualities of the mind, it should have its proportions and limits. She thought it could scarcely escape him to feel that a persuadable temper might sometimes be as much in favour of happiness as a very resolute character.

설득
13

"이 사람의 방식도 저 사람의 방식도 다 좋지만, 모두 들 자신의 방식을 가장 좋아하죠."

"One man's ways may be as good as another's, but we all like our own best."

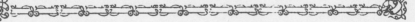

"제 생각에 좋은 지인은요, 엘리엇 씨, 머리도 좋고 아는 것도 많은 사람들이에요. 그래서 화제가 풍부한 사람들이죠. 저는 그런 사람들이 좋은 지인이라고 생각해요."

"틀렸습니다. 그건 좋은 지인이 아니라 최고의 지인입니다. 좋은 지인은 출신, 학식, 매너만 갖추면 됩니다. 학식에 대해서도 그리 까다로울 필요가 없어요. 좋은 출신과 좋은 매너는 필수지만, 배움은 어느 정도만 갖춰도 해롭지 않아요. 오히려 잘 통할 수 있어요."

"My idea of good company, Mr Elliot, is the company of clever, well-informed people, who have a great deal of conversation; that is what I call good company."

"You are mistaken, that is not good company; that is the best. Good company requires only birth, education, and manners, and with regard to education is not very nice. Birth and good manners are essential; but a little learning is by no means a dangerous thing in good company; on the contrary, it will do very well."

"왜 아니겠어요. 간병을 업으로 하는 여성들은 보고 듣는 것이 워낙 많을 테니까요. 그중 총명한 여성은 귀담아들을 얘기도 많이 하겠죠. 매일같이 얼마나 가지각색의 인간 본성을 접하겠어요! 항상 어리석은 행태만 보는 것도 아닐 테고, 온갖 경우를 보다 보면 때로 더없이 흥미롭고 감동적인 일들도 있겠죠. 얼마나 다양한 모습들이 그들 앞을 지나갈까요. 열렬하고 사심 없고 자기희생적인 애정, 영웅적인 행동, 불굴의 용기, 인내, 체념, 온갖 갈등, 인간 존엄을 보여주는 희생들. 병실이 때론 수십, 수백 권의 책보다 가치 있을 수 있어요."

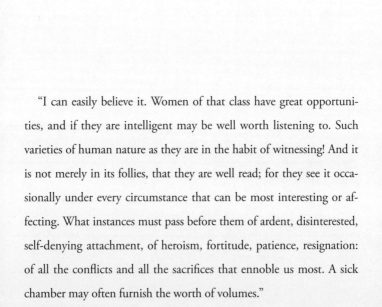

"I can easily believe it. Women of that class have great opportunities, and if they are intelligent may be well worth listening to. Such varieties of human nature as they are in the habit of witnessing! And it is not merely in its follies, that they are well read; for they see it occasionally under every circumstance that can be most interesting or affecting. What instances must pass before them of ardent, disinterested, self-denying attachment, of heroism, fortitude, patience, resignation: of all the conflicts and all the sacrifices that ennoble us most. A sick chamber may often furnish the worth of volumes."

설득
16

그 순간 앤은 참담한 행복인지 행복한 참담함인지 모를 감정에 깊이 빠져버렸다.

She was deep in the happiness of such misery, or the misery of such happiness, instantly.

"괜찮으시다면 책에 나오는 예들은 들지 말기로 해요.
자기 변론을 할 땐 남자들이 우리보다 모든 면에서 유리
하니까요. 수준 높은 교육도 모두 남자들 차지였고, 펜은
항상 남자들 손에 있었어요. 뭐가 됐든 책으로 하는 증
명은 인정하지 않겠어요."

"If you please, no reference to examples in books. Men have had
every advantage of us in telling their own story. Education has been
theirs in so much higher a degree; the pen has been in their hands. I
will not allow books to prove anything."

설득
18

"저는 당신 말고는 누구도 사랑한 적 없습니다. 제가 부당하게 굴거나 나약하게 원망한 적은 있겠지만, 제 마음이 변한 적은 결코 없습니다."

"I have loved none but you. Unjust I may have been, weak and re-sentful I have been, but never inconstant."

설득
19

"너무도 선하고, 너무도 탁월한 분이시여! 당신은 우리 남자들도 공정하게 봐주시는군요. 당신은 남자들에게도 진정한 애정과 지조가 있다는 것을 믿어주시는군요. 믿어주세요, 제가 열렬한 일편단심이라는 것을."

"Too good, too excellent creature! You do us justice, indeed. You do believe that there is true attachment and constancy among men. Believe it to be most fervent, most undeviating."

설득
20

그때 그는 한결같은 원칙과 완고한 아집의 차이를 배웠다. 경솔한 객기와 차분한 결단을 구분하게 되었다. 그곳에서 그가 본 모든 것들이 얼마나 멋진 여인을 놓쳤는지를 뼈저리게 느끼게 했다. 그는 자신의 오만과 어리석음을, 과도하게 원망한 것을 한탄했다. 그래서 그녀가 자기 앞에 다시 나타났는데도 되찾을 생각을 하지 못했다.

There, he had learnt to distinguish between the steadiness of principle and the obstinacy of self-will, between the darings of heedlessness and the resolution of a collected mind. There he had seen everything to exalt in his estimation the woman he had lost; and there begun to deplore the pride, the folly, the madness of resentment, which had kept him from trying to regain her when thrown in his way.

"그래도 오해는 마세요. 그분의 충고에 잘못이 없었다
는 말은 아니에요. 결과에 따라 좋은 충고가 될 수도 있
고 나쁜 충고가 될 수도 있는 그런 경우가 아니었나 싶
어요. 물론 저라면 비슷한 상황에서 절대 그런 충고는
하지 않았을 테지만요."

"Do not mistake me, however. I am not saying that she did not err
in her advice. It was, perhaps, one of those cases in which advice is
good or bad only as the event decides; and for myself, I certainly never
should, in any circumstance of tolerable similarity, give such advice."

Some one was taking him from her.

Mrs Bennet and her two youngest girls

Reading Jane's Letters. Chap 34.

옮긴이 **이재경**

경영컨설턴트와 출판편집자를 거쳐 지금은 주로 책을 번역하고, 때로 산문을 쓰고, 툭하면 읽는다. "고전은 유일하게 썩지 않는 신탁"이라는 소로의 말을 믿는다. 『타오르는 질문들』, 『나사의 회전』, 『위험을 향해 달리다』, 『두 고양이』, 『젤다』 등을 우리말로 옮겼고, 고전 명언집 『다시 일어서는 게 중요해』를 엮었으며, 에세이집 『설레는 오브제』를 썼다.

제인 오스틴 라이팅북
가장 현실적인 해피엔딩을 위한 100가지 문장 필사

1판 1쇄 인쇄 2025년 3월 4일
1판 1쇄 발행 2025년 3월 25일

지은이 제인 오스틴
옮긴이 이재경
펴낸이 정유선

편집 손미선
디자인 퍼머넌트 잉크
마케팅 정유선
제작 세걸음

펴낸곳 유선사
등록 제2022-000031호
ISBN 979-11-990135-5-1 (03800)

문의 yuseonsa_01@naver.com
　　　instagram.com/yuseon_sa